어쩌면, 어딘가에서

시 한편 짓고 있을 당신을 기다립니다.

공가희

어떤,
시집

시인이 되었다

궁금해졌다
시인이 되려면 어떻게 해야 하는지

초록창에 자판을 눌렀다
'시인이 되는 방법'
등단을 하거나 시집을 내면 된단다

어렵지 않구나
등단은 어려울 것 같으니
시집을 내자

시인이 되기로 했다
시를 쓰자
시집을 내자
시인이 되었다

우리는

우리는 본디 시인이었습니다.
어린 시절 동시를 지었던 우리들이었으니까요.
시인이 아니었던 사람은 아마 없을 겁니다.

시를 좋아합니다.
시는 항상 어렵지만 동경의 대상이었습니다.
마음이 담긴 글을, 시를 좋아합니다.

동시를 지었던 꼬마가 그리워 다시 펜을 잡았습니다.

어느 날,
당신께 말하지 못했던 마음을 적은 시들입니다.

2019년 5월 공가희

텀블벅으로 [어떤, 시집]을 후원해 주신 분들
덕분에 시집이 세상에 나오게 되었습니다.
진심으로 감사드립니다.

Special Thanks to

Bella.K	강성웅	강태수	공문영
공현아	김나인	김병문	김영진
김은우	김정준	김지훈(책방마니아)	
남태우	문지성	박소희	박수령
박요섭	박정아	박지원	박진희
방태현	손명화	심혜경	안연수
안지혜	안현주	오새라	유주경
윤석헌	이보람	이상희	이은의
이은진	이인호	임정은	임현지
전은정	정시내	정태주	정효민
조민	조수경	최동호	최은영
최지혁	홍미선	홍순태	

차 례

3부 어떤, 기억

4부 어떤, 사랑

1부

어떤, 하루

외할머니

백세시대에
트렌디하게
102세가 되신 외할머니

요양원에서 왕 언니로 통하는
102세 왕 언니 외할머니

너무 커버린 손녀를
한참 보시곤 '이 아가씨는 누구냐'는 표정이신
눈이 침침하신 외할머니

엄마가 큰손녀라고 알려주면
그제사 말없이 차디찬 내 손 잡아 주시고
서랍 속에서 약과 한 개 꺼내
내게 건네시는 외할머니

103세에도
105세에도
건강하세요
나의 외할머니

물음표

무엇을 해야 할까?

누구를 만나야 할까?

인생에 가장 큰 두 가지 물음표

바라면 이루어지나

바라면 이루어진다

바라건대
나이 들어도
아집 따위는 없는
어른이 되고 싶다

그런 어른이 되어야겠다

5 k m

5km 달리기는

긴장됐었고

땀이 많이 났고

가슴이 벅찼고

시원했고

발목이 아렸고

한없이 기뻤고

감사했다

나이 1

나이 드는 걸 느낀다
난 항상 새로운 환경에 금세 적응하곤 했는데
요즘은 적응하는데 시간이 오래 걸린다

마음은 이미 적응한 거 같은데......

나이 2

알게 되는 것도
알아가는 것도
나이가 하는 일

맞습니다

나이 3

나이에 맞게 살아야 한다고 누가 규정한 건가요?
그런 게 어디 있나요?

나이가 많든 적든 마음에 상처가 나면
참지 말고 아프다고 소리 내서 충분히 아파해야
마음도 건강해진다는 것을...
오랜 시간이 지난 후에야 알았습니다
그래야 같은 상처가 나도
이겨 낼 수 있는 거라고
참으면 더 큰 상처로 돌아왔을 때
무너질 수 있다고

참지 말고 소리 내서 아파합시다
그래도 괜찮아요
그래도 괜찮아요
그래도 괜찮다고 말해주는 사람들이 많아지고 있으니까요

반반

시간이 많이 흐른 후,

예전에 절대 이해할 수 없는 상황에

다시 마주하게 되었을 때

자연스럽게 이해가 된다

그걸 좀 더 빨리 알았다면 좋았을 텐데...

아쉬움 반

깨달음 반

반반의 감정이 고스란히 남는다

예고 없이

우산 없이 나와서
비를 맞았다

왠지 모를 시원한 느낌
참 오랜만인 것 같다

뭔가 정해져 있지 않은
예고 없이 오는 상쾌함이 많아지기를...

잠시 기다림*

갑자기 비가 쏟아집니다
카페 안에 나와 할아버지 둘 뿐인데
할아버지도 나도 우산이 없습니다

우리가 할 수 있는 건 그저
비 오는 풍경을 바라보는 것
비가 그칠 때까지 기다리는 것

인생에서 난관을 만나거든 잠시 기다려보는 건 어떨까요?

비가 그치고 해가 나오듯이
조금 오래 기다리게 되더라도
언젠가는 좋은 날이 분명 올 테니
기다리는 게 힘들고 지루하거든
주위를 둘러봐도 좋을 것 같습니다
같은 상황에 처한 누군가도 분명 있을 테니

비가 그쳤네요
이제 집에 가도 될 것 같습니다

* [어떤, 여행] 공가희 KONG, 2019

청개구리

하나님 앞에서 나는 청개구리입니다

하나님의 원하심을 외면하면서 사는 청개구리입니다

'하나님의 원함'이 '나의 행함'이 되고
'나의 원함'이 '하나님의 행함'이 되어
주님이 가라 하시면 가고
주님이 서라 하시면 멈추어야 하는데

내 마음대로 가고
내 마음대로 행하는
오늘도 난 청개구리
개굴개굴

울고 싶을 땐

길에서 한 여자가 울고 있다

지나가는 사람들은
이상한 시선으로
우는 여자를 한 번씩 돌아본다

지나칠 수 없던 나는
휴지 한 아름 꺼내 건네주며
"울지 마세요."

휴지를 받아 눈물을 닦으며
"감사합니다." 하고는
더 우는 그녀

'울고 싶을 땐 마음껏 울어도 괜찮아요.'
속으로 말한다
그녀에게

다짐 1

답이 없는 오늘은 씁쓸한 인생

내일도 답은 없지만 즐거운 인생이길...

다짐 2

Don't be 못된 송아지!

다짐 3

나이를 먹으면
많이 이해하고 너그러워질 줄 알았다

실상은 정반대
이해심은 콩알만 해지고
공감을 못 받으면 상심한다

흐르는 물이 되자
사사로운 모든 것은 다 흘려버리자

다짐 4

인생이 참 짜고, 달고, 싱겁기도 했다가
다시 달고, 어느 날은 맵고, 쓰기도 합니다

매일매일 달달한 날을 꿈꾸지만
현실이 너무 고달파 씁니다

그래도
그래도
난 행복한 사람이다 다짐하고
오늘도 달달한 하루를 삽니다

위로의 말

어떤 위로의 말이 위안이 될까 싶어
다 이해한단 말도 못 해주겠다
다친 네 맘이
많이 아프지 않았으면 좋겠어
진심으로

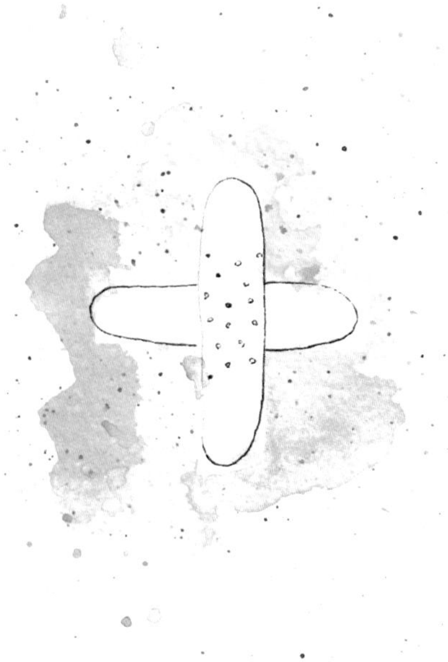

고 맙 다

누군가
내가 하고 싶은 말을 대신해줄 때
누군가
내가 듣고 싶은 말을 대신해줄 때
세상 헛살지 않았다는 생각이 든다

고맙다
참 고맙다
나의 누군가들이여

새 마음은 진해지길

단 한순간에 이루어지는 게 뭐가 있나? 없다
시간을 들이고 노력을 해야
그제야 좀 보여주잖아
이만큼 했구나
더 해야 하는구나
일이든
사랑이든
뭐든

시간을 들이고 노력을 해도
조급하면 아무것도 보이지 않아
남는 게 없지

시간을 들이고 노력을 했음에도 보이는 게 없다면 실망이 많겠지만
최선을 다했다면 후회가 없을 거야
아니야 후회가 남을 거야
상처보단 쉽게 돌아설 수 있을 거야
아니야 미련이 많이 남을 거야
그리고 또 새롭게 시작하는 거지
아니야 포기해버리고 말 거야

아쉬움은 희미해지고
새 마음은 진해지길……

누군가의 것

내게 있는 것은, 내가 할 수 있는 것은
내 것이 아니라 누군가의 것이었다

엄마, 아빠에게서
걷는 법, 먹는 법, 말하는 법을 배웠고
동생들에게서
내 것을 나눠주는 법을 배웠고
친구들에게서
마음속 고민을 털어놓는 법을 배웠으며
남자친구에게서
사랑하는 법을 배웠고
직장동료, 상사에게서
일하는 법과 스트레스를 해소하는 법을 배웠다

내가 누구와 함께 있고
누구에게서 어떤 것을 얻는 게
인생에서 가장 중요하다는 걸
그리고
좋은 사람이 되어서
나의 것을 많은 이들에게 득이 되게
나눠주고 싶다는 바람이 생겼다

악이 되는 이들은

인생에서 되도록 적게 만나기를

어쩌다 만나게 되더라도 나에게 해가 되지 말고

그로 인해 다른 무언가를 얻는 득이 되기를......

생각처럼

아무것도 하지 않은 날의 여유
남들과 같은 삶을 살지 않아도 되는 자유
이런 와중에 한가득 머릿속의 생각들이
어느 날 나에게 고스란히 묻어 나와
생각처럼 원하는 삶을
원하는 곳에 있기를……

대화

사람과 사람 사이를 잇는 대화가

얼마나 중요한지 새삼 느낍니다

생각을 공유하고, 감정을 공유하지 않으면 절대 모릅니다

그저 내 관점에서 타인을 판단할 뿐

나는 여전히 마주하고 앉아 대화하는 걸 참 좋아합니다

부정 1

거울 속
낯선 내가
어색하게
웃고 있다.

"넌 내가 아니야."

부정 2

혼란, 변덕, 이기심
요즘 내 안에 머무는 것들

더 이상 순수하지 않고,
더 이상 어리지 않고,
더 이상 무모하지 않다

모든 부정적인 것들에
부정하는 내가 되고 싶다
내가 되겠다

적막

너무 고요하기만 하다
아무것도 없고
아무 일도 일어나지 않고
아무 소리도 들리지 않고
적막함 속에서 생각의 꼬리를 물고 그 끝을 쫓는다
머릿속은 몹시 복잡하고
복잡한 생각 속에
난 항상 겁쟁이고 두려운 게 많다
내 껍질을 깨버리자고 부수고 또 부수어도 쉽지 않다
아무 생각 없이 웃고 떠들 수 있었으면...
웃음이 오래 머물지 않고 간다

지금은 너무 고요하기만 하다
너무 조용하기만 하다
이 적막함을 깨부수고 싶을 만큼...

어른

꿈에서 만난 아기 돼지
그 길에 냉큼 구입한 로또

집에서 발견한 어느 한편에 쓰인 아빠의 메모

'돈이 필요합니다.'

나이 들어감에 따라 필요한 돈의 액수가 점점 더 커진다
그래서 유독 어른들의 어깨가 무거워 보였나 보다

나의 어깨도 어느덧 무거워 짐을 느끼며...

햇빛 냄새

서울 빨래가 으스대며 말한다
난 요즘 최신 건조기로 말끔하게 살아
너희는 어떻게 지내니?

제주 빨래가 어리둥절한 표정으로 말한다
건조기가 도대체 뭐야?
처음 들어본 단어인데

서울 빨래가 대답한다
요즘 서울에선 건조기 열풍이야
너도나도 갖고 싶어 안달인데
몰랐다니! 쯧쯧
근데 이거 무슨 냄새야?

제주 빨래가 답한다
아마 나한테 나는 냄새일 거야
어느 화창한 날
햇빛 냄새와 귤꽃 향기가 만나 나에게 왔거든

서울 빨래는 햇빛 냄새가 언제 왔다 갔는지
가물가물하다

부럽다

햇빛 냄새나는 제주 빨래가...

Cooler than me?

길이 있는 곳에 뜻이 있다?

뜻이 있는 곳에 길이 있다?

여하튼 모로 가도 길은 있다!

안부

떨어지는 낙엽 사이
따스한 햇살도
곧 차가운 바람으로 변하겠지

잘 지내니?
나의 하루

문답 1

지금 넌 행복하느냐?

행복하지 않느냐?

무엇 때문에 행복하느냐?

무엇 때문에 행복하지 않느냐?

인생이 무엇이더냐?

쉬운 길이어도 즐겁지 않으면 가지 말거라

어려운 길이라도 네 안에 무언가 움직이거든 주저 말고 가거라

무엇 하나 답은 없다

무엇 하나 쉽게 네 뜻대로 되지 않는다

마음이 뜨거워지는 순간을 많이 느끼면서 살아라

그것이 네 인생에 답이 될 것이다

문답 2

성공하고 싶으냐?

예, 예전엔 그랬습니다

지금은 행복하고 싶습니다

가진 게 없어도 초라하지 않고

마음이 풍요로워 삶에 급급하지 않는

치열하게 살지 않는

정말 소중한 순간순간, 감정들을 온전히 느끼고

나도 모르게 휙휙 지나쳐서

돌아보면 아무것도 기억할 수 없는 삶이 아닌

즐거움이 가득하고 이야깃거리가 많아

언제나 감사하는

행복한 사람이 되고 싶습니다

이룰 수 있을지 의문입니다

2부

어떤, 회사사람

하루하루

요즘 하루하루는
이상과 현실
그리고 나 자신과의 싸움이다

매번 부딪치고
매번 포기하고
또다시 도전하고
반복학습으로 얻어지는 건

만만한 게 하나도 없구나
빌어먹을 세상
내 맘대로 되는 게 하나도 없구나
된장 비벼 먹을 세상

그래도 사소한 하나에 감사하고
또 사소한 하나에 감동하고
그렇게 다독이며 산다

하루하루 2

아침 출근길의 올림픽대로는 답이 없다
어찌할 수 없는 아비규환 상태
하루 한 번꼴 사고를 목격하고
서로 머리를 들이미는 차들은 무슨 정글의 맹수들 같다

그러나,
8시 넘는 퇴근길의 올림픽대로는
아침의 그 모습은 간데없고
온화하다
반짝반짝 화려한 불빛이 한강에 드리우고
차 안에서 듣는 음악은 하루의 고단함을 잊게 한다

이렇게 하루하루를 산다

나는
오늘도
서울에서

길

매일 지나는 길이 있다

07:58 AM

조금 분주한 길

바삐 움직이는 길

10:20 PM

쉬지 않고 30분을 달린 나에게

시원한 바람을 선물해 주는 길

하루 중 가장 상쾌한 나의 마음과 함께 하는 길

12:00 PM

늦은 귀가의 길

작은 인기척에도 겁이 나는 길

누군가의 그림자에 두려워지는 길

아무도 없는 까맣고 어두운 길

같은 길인데 나의 마음은 시간에 따라 다르다

나는 매일 이 길을 지난다

난, 여전히

시력을 잃었다

사랑을 알기 시작하고부터

돈을 벌기 시작하고부터

사회의 때가 묻기 시작하고부터

난, 여전히 시력을 잃고 있는 중이다

한탄 1

집중력 ZERO

나이 먹은 게 이런 거야

한탄 2

진상이 되어 버렸다

내가 참 별로다

회사 사람 1

무더운 어느 여름날

누군가는 태어나고
누군가는 생을 마감하며
누군가는 새로운 사랑을 시작하고
누군가는 이별한다
누군가는 새로운 일을 시작하고
누군가는 직업을 잃는다
누군가는 환하게 웃으며
누군가는 하염없이 운다
누군가는 하루가 짧게 바쁘게 일을 하며
누군가는 빈둥빈둥 한가히 퇴근 시간을 기다린다

회사 사람 2

그러니까

그러니까

그러니까

마음의 여유가 없으니까

마음속에 있는 걸 꺼내 풀어지지도 않네

스쳐 지나가 버리는 단어, 단락들이 너무 많다

피식, 혼자 웃어 흘려보내는 조금 슬픈 나의 하루

오늘도 안녕

회사 사람 3

얼마 전부터 느끼고 있는 이 감정
What did I lost something?
열정도
긍정도
애정도
관심도
모두 다 사라져버린 거 같다

내 안에 남은 거 없이 다 사라져서
텅텅 빈 느낌
어디서 어떻게 다시 채워서 할까?

그냥 매일매일 텅 빈 채로 흘러가는 나는
어디로 가고 있는 걸까?

회사 사람 4

매일매일 야근에 입안 헐어 다닌 지 어언 한 달
웬일로 본부장이 나만 챙겨준다며
비타민 C 한 통을 건넨다
고맙다 말하고 한 알 먹으려고 뜯었는데
유통기한 2015년까지

얼마 전 라디오에서 매니저가 냉장고 정리한 날은
먹을 거 잔뜩 가져와서 팀원들에게 나눠주는데
그 안에 항상 유통기한 지난 것도 섞여 있어
빈정상했다는 사연이 머릿속을 스쳐 지나간다

나한테 일부러 준 건지
아니면 몰라서 준 건지
정말 어이없었던 순간
'내가 왜 열심히 일하고 있지'라는 고민으로 이어지는 순간

비타민도 잡생각도
쓰레기통으로

회사 사람 5

내게 많고 많던 긍정이
한올도 남지 않고 사라져 힘겨웠던 하루

그저,
따뜻한 한마디가 필요했을 뿐이었다

아무나 없습니까?

아!

정말 아무나한테 시집가서

남편이 벌어다 준 돈으로 살림하며 살고 싶은 날이다

정말 아무나 없습니까?

네!

아무나 없습니다!!!

답이 없다

아무 의심 없이 걷던 길이었는데
잠시 멈춰보니
여기까지 온 길이 맞는 길인가 하는 느낌
요즘은 대략 답이 없는 하루하루가 피곤할 뿐이다
날은 너무 덥고

저만치

바라곤 한다
변하지 않기를
어떤 환경에 의해서 건
누군가에 의해서 건
물리적 힘에 의해서 건
변하지 않기를 바라곤 한다
간절히 바랄 때면
항상 저만치 닿을 수 없을 만치
변해있는
내가 서 있다
그런 내가 낯설게 느껴질 만큼
저만치에

단 하나의 이유

밤 10시쯤 퇴근길 신호등
학원 끝난 아이들이 쏟아져 나온다
나도 하루 종일 일하느라 피곤한데
저 아이들도 나와 같이 피곤하겠다

그러다 문득,
저렇게 열심히 공부해서 대부분 회사원이 되겠지
힘겹게 많은 경쟁을 하며 회사원이 돼서는
나처럼 늦은 퇴근에 피곤한 삶을 살겠지

직장생활의 수명은 내게 언제까지일까
조금의 노력들로 수명을 연장하면서
계속 회사를 다니는 게 내가 진짜 원하는 삶인가
그럼 이 모든 걸 내려놓고
진짜 내가 하고 싶은 건 무엇인가
이 고민들을 끝낼 수 있는 단 하나의 이유가 있으면 좋겠다

그저 단 하나의 이유
그것이면 될 텐데...

푸 념

생각이 많다
딱 10년 전
혈혈단신 아무도 모르는 캐나다에 가서
자유롭게 세계를 떠돌며 보냈던 그때
10년 전 이맘때

딱 1주일 휴가를 내고 다시 그곳에 간다

겁 없던 20대 아가씨는 지난 10년 찌들 대로 찌들었다
상식이 안 통하는 나이 좀 쳐드신 기성세대를 보면서
수명 제한 있는 한자리 꿰차고 앉아
자기한테 고분고분하지 않은 사람은
무례함으로 대응하는 인간 이하의 종들에 지쳐서
무슨 호사를 누리겠다고 혹사당하며 일하고 있나 자괴감이
든다

돌아가고 싶은 과거는 없었는데
10년 전 내 모습
무한 긍정과 밝음이 아주 그리운 요즘
그냥 박차고 나가 여기저기 떠돌아야 이 응어리가 풀어질
것 같다

인연이 되긴 그른

언중유골

인과응보

사람이 재산이다

내가 좋아하는 말들인데

주위엔 이에 반하는 행동과 말로 다른 사람에 상처 주는 사람들이 많다

나와 인연이 되긴 그른 사람들...

너만 손해

일더미에 쌓여 있는 회사 막내는 푸념하며
지구가 내일 멸망했으면 좋겠다 한다

"그럼 너만 손해야! 네가 제일 조금 살았잖아!!"

지구가 멸망하면 무조건 어린 사람이 손해다
이럴 땐 나이 많은 게 좋네

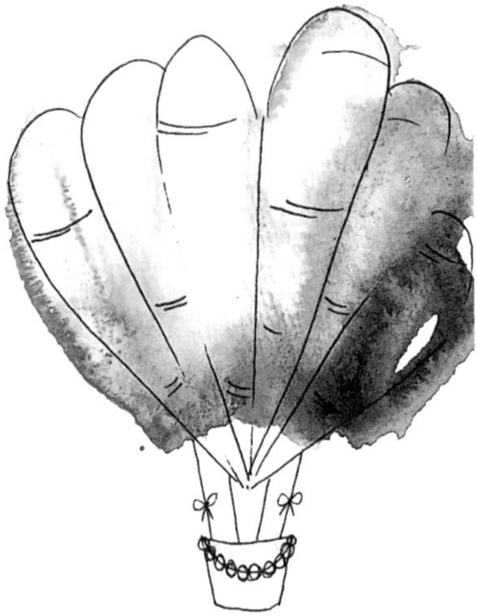

소 원

아침 출근길에 문득 든 생각은
바람이고 싶었다
자유롭게 떠돌며
맘에 드는 곳
맘에 드는 이에게
좀 더 오래 머물 수 있는
바람이고 싶었다

바람처럼 살다
바람으로 사라지고 싶다는 생각이 들었다

아카시아 향기를 한 아름 머물고 부는 바람처럼...

3부

어떤, 기억

봄, 2010

새싹이 움트는 봄이다
아가 잎들이 세상 구경을 하려고
새록새록 돋아나고 있는 봄

봄이다
어느새

말도 많은 천안함의 침몰
이렇다 할 원인 공개도 없고
실종된 장병들의 구조에도 진척이 없는 봄

갑작스러운 유명 연예인의 자살로
많은 이가 놀랐던 봄

모처럼 화창한 봄이지만
세상은 너무 어수선해서
내 책상 위의 화분만이
내가 원한 봄의 모습이로구나

행복한 세상은 어디 있나요?

결혼 막는 실업

치솟을 대로 치솟는 집값

출산 막는 교육비

각박해져가는 민심

어지러운 정치

희망을 품고 살아도 되는 건가요?

가난한 노후

한국 노인 빈곤율 OECD 국가 1위

노후엔 뭘 하면서 살아야 하나요?

사전 투표율, 2014

사전 투표율이 높다고 한다

'사람들이 투표에 관심이 많아졌구나.'
반가운 마음 뒤에
사전 투표자들의 표가 검은 그림자의 조작으로 이어질까
두려운 마음이 함께한다

믿을 수 있는 게 없다
왜 이렇게 되었을까?
바뀔 수 있는 건가?
의문만 남는다

잃어버린 선거권

왜곡되지 않고 바로 보는 눈
거짓을 고하지 않고 진실을 말하는 입
그른 것을 구별하는 귀

제발 이런 분들만 정치하세요
개나 소나 정치한다고 그 판 흐리지 말고

내가 요즘 국회의원 이름을 너무 많이 외워
개 돼지 보다 못한 국회의원들이 많아서...

20140416

나보다 더 멋진 인생을 살 아이들이었는데

부끄럽지 않은 어.른.으로

어떻게 살아야 하나 깊이 생각하게 됩니다

미안합니다

잊지 않겠습니다

20140416 2

내가 어릴 때 배운 건 틀렸다

배는 하나고 사람은 10명일 때, 5명만 탈 수 있다
누구를 먼저 태워야 하나?
1. 어린아이

이렇게 배웠으나 정답은,
1. 선장, 배를 잘 아는 사람

맞다고 생각하는 진리를
틀리다고 몸소 알려주는 나라의 국민이다
나는...

승패조작, 2014

어릴 때 우린,
옳고 그른 것을 구분해서
보고, 듣고, 말하라고 배웠다

나이를 먹고 세상을 살아보니
배운 대로 하는데 틀렸다고 한다
내가 배운 게 잘못된 것이라고 생각하지 않는데
주변에서 자꾸 틀렸다고 한다

그래도 아직까진
아직까지 나는
틀린 것은 틀렸다고 말하는데
지금보다 나이가 더 많이 들었을 때,
틀린 것을 틀렸다 하지 않고 맞다고 할까 봐 겁이 난다
세상이 날 그렇게 변하게 할까 봐 겁이 난다

겨울, 2016

내가 하야하고 싶다

대한민국 국민 안 하고 싶다

겨울 2, 2016

저급하게 무력으로 진압할 생각 말고
끝까지 교양 있게 평화시위를 하는 시민을 지켜주는 게
경찰 본연의 임무입니다

겨울 3, 2016

시녀 검찰

공부해서 남 준다는 말이 딱 맞구나

아닌 걸 증명해 줄 누군가 있기를…

게임 1

태극기 부대 여러분!

자, 지금부터 게임을 시작합니다

"빨갱이" 먼저 말하는 사람이 지는 겁니다

시작!

게임 2

어버이 연합 여러분!

게임 방법은 같습니다

자, 지금부터 게임을 시작합니다

"빨갱이" 먼저 말하는 사람이 지는 겁니다

시작!

4부

어떤, 사랑

첫 만남*

첫 만남
햇살이 좋았고
그곳의 분위기가 좋았고
서로의 미소가 아름다웠고
서로가 편안하게 그 순간을 즐겼다

그렇게 대화가 시작되었고
간혹 정적이 있었지만 어색하지 않았다

그는 나에게 대화 시작 5초 후 호감을 느꼈다고 다른 날의
데이트에서 얘기 해 주었다

모든 것의 시작은 순간이고
모든 것의 끝도 순간이다

그저 우리가 할 수 있는 것은 그 순간을 놓치지 않고
온전히 느끼면서 살도록 노력하는 것

오늘의 공기
오늘의 하늘
오늘의 사람들

* 공가희 [어떤, 여행] KONG, 2019

그렇게 스쳐 지나가는 사람들 속에
한 번의 눈 맞춤, 미소, 대화가 시작되는 인연을 만나
사랑할 수 있기를…

사랑의 순간이 짧을지라도
온전히 느낀 순간이라면
그 순간이 행복했다면
그걸로 만족할 수 있기를……

이별 *

작별 그리고 기다림
다음 만남에 대한 기약 없는 기다림
무엇을 기다리는지 분명하지 않은 기다림
알 수 없는 기다림

몇 번 만나 이야기를 나누고
눈빛을, 미소를, 웃음을 그리고 사랑을 나누었을 뿐인데
그렇게 낯선 곳에서 몇 번 만났을 뿐인데

기다린다
왜 기다리는지 무엇을 기다리는지 모른 채
기다린다
다른 공간 속 다른 시간 속에서
기다린다

공간의 다름을 깨닫고
마음을 여러 번 다잡고
생각의 꼬리를 물고 또 물어
결국 또 기다린다

그러다 마침내 기다리지 않기로 한다

* 공가희 [어떤, 여행] KONG, 2019

그렇게 이별

마침내 이별

결국엔 이별

기억의 단편

기억되는 조각 뒤에
잊혀지는 조각조각

너에겐 잊혀지는
나에겐 기억되는
오늘의 조각조각

너에게

그러니까
너무 이쁜 신발인데 발이 아픈 느낌
그래서 더 이상 신고 싶지 않은 기분

넌 나에게 이쁜 신발이었어
아주 이쁜 신발

김혜수 언니

김혜수 언니가 말했다

남녀 사이에 결혼이 정답이 아니라고

멋지다

참 멋지다

끼깔나게 멋지다

술 취한 나의 고백

맥주 한 병

와인 3잔

취합니다

조금 어지럽습니다

별거 아닌데 많이 웃고, 별거 아닌데 눈물이 납니다

내일이 지나고 모레가 지나도

나는 나입니다

몇 살의 내가 아니라 그냥 나입니다

나이로 섣불리 판단하지 말고

그냥 나로봐주시면 참 고맙겠습니다

15세 소녀보다 더 감성적일 때가 있고,

45살 성인보다 더 성숙할 때도 있습니다

나는 그냥 '나'다운 내가 제일 편하고 좋습니다

나다운... 내 모습...

그 모습을 지켜주세요

그 모습을 사랑해주세요

그거면 됩니다

알 수 없다

알 수 없다

그럼에도 불구하고

알려고 하지 않는다는 것은...

소리 없는 메아리

무겁지만

알 것 같은

소리 없는 메아리

3 0 초 의 공 백

30초의 공백

사랑이 시들어 갈 무렵,

전화기 너머의 말 없는 30초는 그와 나에게 너무 길다

투명 인간

나 투명 인간 아니야

나도 다 보이고,
나도 다 들리고,
나도 찌르면 아프고,
나도 느낄 수 있어

널 보고 있는 게 제일 아파

무 제

손가락이 무거워서
말을 하기가 망설여져
하고 싶은 말이 있으나
길을 잃은 가여운 이에겐
그저 안녕이라고 말하고 가버리지

안녕

괜찮아

괜찮아

남들도 다 그래

그러니까 나도 괜찮아져야겠다

이별 2

잘 있으란 말…

잘 지내란 말…

오늘, 어제와 같은 하루를 살았지만
어제 갔던 그 길은 이젠 없다
배가 아파 잠시 앉아 있던 그곳엔 내가 없다
집에 가기 위해 버스를 기다리던 그곳에도 내가 없다
어제를 살았던 나지만,
오늘부턴 내가 없다

이별 3

슬픈 얼굴을 한 하늘이
나에게 시원한 산들바람을 줬어

건드리면 톡 떨어질 눈물을 머금은 하늘은
희미한 미소를 지었어

슬픔이 오면 위로해주고, 위로받고
그렇게 사는 거야
너나
나나

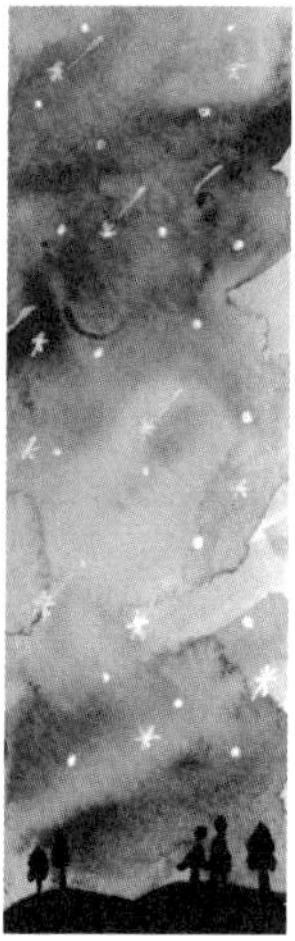

이별 4

그랬다

나도
그도
각자의 곳에서 원하는 삶이 있었다
그걸 잊으면 안 된다

다른 이들 앞에서 날 대하는 그 모습 또한
낯설어 하면 안 된다
그걸 바라게 되면
다시 내 삶으로 돌아갈 수 없다

우린
이기적으로
서로가 서로를
사랑했다

연애

심심한 하루하루를 사는 내가
또 뭘 배울까 고민하고 있으니,
친구가 이런다

그냥 연애해!
남자 만나!

왜 연애하면 안 심심하지?
왜일까?

하긴 연애를 하는데 심심함을 느끼면
얼마 못가 바로 이별하겠지

연애란?
안 심심한 것!

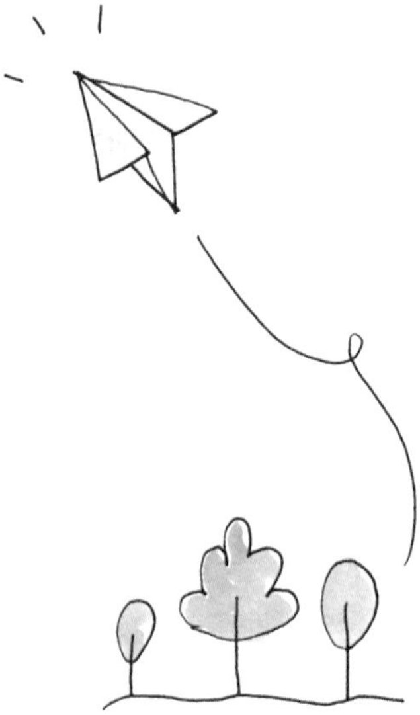

습관

우린 서로의 습관이었다

넌 내게 습관처럼 전화했고,
난 너를 습관처럼 만났다
우린 습관처럼 입 맞추고, 사랑을 나눴다
너무 익숙해져 있어서
습관을 버리기 힘들었을 뿐
더 이상 진짜 감정 따윈
언제 사라졌는지 모른 채로
사라진 감정은 서로 인정하지 않은 채로
그저 습관처럼 만남과 이별을 반복했다

난 오늘 습관을 버리기로 했다
세월이 많이 흘러
잊었던 습관을 내가 다시 기억하는 순간이 오게 되더라도
아련한 기억으로 희미한 미소만 남기를
더 이상 아픔이고 슬픔이란 단어로
옥죄지 않기를

DESTINY

DESTINY
운명에 맡겨보기로 했어
너와 나의 인연을

인연이라면,
우린 운명처럼 다시 만날 거야
IF NO,
타인으로 살아가는 거야

난 그냥 운명에 맡길래
내 마음은 여기에 숨기고

고백

커피에 우유 넣는 걸 좋아합니다
맥주 한잔하며 수다 떠는 걸 좋아합니다
솔직하게 맘속에 있는 말을 하는 것을 좋아합니다
눈가에 주름 자글자글하게 깔깔깔 웃는 것을 좋아합니다
좋은 음악은 무한 반복해서 듣는 것을 좋아합니다
그림을 한참 보면서 생각하는 걸 좋아합니다
여행에서 느끼는 자유를 좋아합니다
여행 다녔던 곳을 그리는 것을 좋아합니다

그리고 당신이 좋습니다
아직도 당신이 참 좋습니다

필요

날씨 좋은 날엔 나들이가 필요하다
광합성이 필요하다
함박웃음도 필요하다
영양 많은 음식도 필요하다
잠시 쉬어갈 그늘도 필요하다
여전히 필요한 것들이 참 많다

채워도 채워도 부족한 내 맘을
채워 줄 누군가 젤 필요하다

물건 보관소

사랑이 가까이 오는 순간에

왜 멈칫 멈칫하게 되는 걸까?

'다시 사랑에 빠지면 안 돼!' 하면서

내리 속으로 다짐 하고

물건 보관소처럼 내 마음 탁 맡겨 놓았다가

다시 고스란히 돌려받을 수 있는 거라면 좋으련만...

실 타 래

문득
얽혀있는 실타래를 푸는 게
인생을 사는 거 아닐까 하는 생각이 든다

너와 나는 얼마나 얽히고 설켜있었길래
이리도 깊은 인연을 맺었을까
죽어도 풀리지 않을 듯 보였던 실타래의 끝이 보인다
질기고 질겼던 한 올 한 올이었다

결국, 행복

독립을 했다
월급을 다 썼다
가난해졌다

독립 영화는 가난하다
독립 출판물은 가난하다

독립출판 작가가 되었다
자비 출판을 했다
가난해졌다

가난하지만 행복해졌다
가난은 행복

독립은
가난은
행복

결국, 행복
행복해졌다

이 시는 독립출판으로 〈어떤, 여행〉을 출간하고 쓴 시입니다.

작은 바람이 실현되어 책을 출간하고, 책으로 홀로서기를 할 수 있게 되었습니다.
감사하게도 사람들이 작가라고 불러줍니다.
'작가'라는 말은 여전히 어색합니다.

언제가 될지 모르지만, 스스로 작가라는 말이 어색하지 않은 날이 오기를 희망합니다.

2019년 7월 공가희

공가희 작가와는 두 번을 만났다. 우연히 동네책방에서 마주쳤고, 그 다음에는 그 책방에서 한 독자와의 만남에서였다. 얼마 지나지 않아 그는 나에게 자신이 쓴 시를 보아 달라고 했다. 〈어떤, 시집〉과는 그렇게 만났다. 시를 읽으며 그와 친구가 될 수도 있겠다는 생각을 했다.

나는 대학에서 소설 연구자였고 시를 읽을 기회는 별로 많지 않았다. 나에게 시는 '아름답게 축약한 것' 정도로, 잘 찾아 읽지 않는 장르였다. 한동안 그랬다. 그러나 이제는 그것이 어느 한 개인의 삶과 감정을 있는 그대로 전하는 일임을 안다. 좋아하는 시인들도 생겼다. 공가희 작가의 시를 읽으면서도 그랬다. 부끄러움, 즐거움, 외로움, 괴로움 등, 그가 나와 같은 시대를 살아가는 나와 닮은 사람인 것을 알고 기뻤다. 〈어떤, 시집〉은 그의 일상, 노동, 감정, 사랑 등을 순차적으로 독자에게 보낸다. 여기에는 내가 가진 여러 물음표들이 담겨 있다. "무엇을 해야 할까?/누구를 만나야 할까?/인생에 가장 큰 두 가지 물음표"(물음표)라는 시는, 지금 나에게 가장 절실한 물음표이기도 하다. 일정표에 무엇들을 충실하게 적어두어도 정작 무엇을 해야 할지 잘 알 수가 없고, 누군가와 연결되고 싶은 욕망이 언제나 있으면

서도 누구를 만나야 할지도 알 수가 없다. 그렇게 무엇도 하지 못하고 물음표로만 채워진 하루가 지나간다. 그러나 "답이 없는 오늘은 쓸쓸한 인생/내일도 답은 없지만 즐거운 인생이길..."(다짐1)이라는 시는, 그 쓸쓸함이 지속되더라도 적어도 즐거운 인생이길 바라는 모두에게 공감과 위로를 준다.

〈어떤, 시집〉을 읽고 나면, 한 가지의 감정이 남는다. '행복함'이다. 행복한 상태가 된다기보다는 행복해지고 싶은 상태가 되는 것이다. 작가는 자신이 "결국, 행복/행복해졌다."(결국, 행복)고 말한다. 나는 그와 친구가 될 수 있다고 생각했지만, 나의 기준에서 서울 서북부는 같은 동네이므로 어쩌면 좋은 동네친구가 될 수 있을지도 모르겠다고 다시 생각했다. 그는 나에게 "제가 아직 철이 없어요."라는 농담 같은 말을 한 일이 있는데, 그가 철들지 않고 계속 행복하면 좋겠다. 이 시집을 읽은 공가희 작가와 닮았을 당신들도 행복할 수 있으면 좋겠다.

동네친구 김민섭 작가 『아무튼, 망원동』 외 다수

"갑자기 비가 쏟아집니다
카페 안에 나와 할아버지 둘뿐인데
할아버지도 나도 우산이 없습니다

우리가 할 수 있는 건 그저
비 오는 풍경을 바라보는 것
비가 그칠 때까지 기다리는 것

......(중략)......

비가 그쳤네요
이제 집에 가도 될 것 같습니다"
詩 잠시 기다림- 중에서

4B 몽당연필로 데생을 그리듯이
하얀 종이 위에 마음을 그려나가는
시인(詩人)의 모습이 평화롭게 떠오릅니다.
"비가 그쳤"지만 저는 카페에 조금 더 머물러
풍경과 님의 마음을 헤아려봐야겠습니다.

설악동에서 무명*(無名)의 시인

* 권오욱 시인

숨을 쉬듯 자연스럽게 써 내려간 그녀의 시는
수려한 문장으로 눈을 현혹시키는 게 아닌
진솔하고 담백한 문장으로 마음을 두드려요.
마치, 인생은 눈에 보이지 않는 크고 작은 호흡으로
물결치고 있다고 말해주는 것처럼.
전작 〈어떤, 여행〉 이 인생과 여행을 연결해주는
통로 였다면, 〈어떤, 시집〉 은 일상에 환기가 되어 줄
시원한 바람 같은 책이에요.

이유리 대표 [그렇게 책이 된다]

어떤, 시집

초판 1쇄 인쇄 2019년 7월 22일
초판 1쇄 발행 2019년 8월 1일

지은이 공가희
편집 공가희
그림 고인선

펴낸곳 KONG
등록 2018년 8월 31일(제2018-000019호)
email thekongs@naver.com
instagram kong_books

ISBN 979-11-965302-2-8 03810

이 도서의 국립중앙도서관 출판예정도서목록(CIP)은 서지정보유통지원시스템 홈페이지(http://seoji.nl.go.kr)와 국가자료공동목록시스템(http://www.nl.go.kr/kolisnet)에서 이용하실 수 있습니다.(CIP제어번호: 2019021914)

* 책값은 뒤표지에 있습니다.
* 파손된 책은 구입한 서점에서 교환해 드립니다.